Las vacaciones que necesito

HOTEL PARADISO #1

Primera edición: Julio 2022

Las vacaciones que necesito

Hotel Paradiso #1

Elsa Tablac

CAPÍTULO 1

ERIN

La imponente silueta del hotel Paradiso se revelaba en el horizonte a medida que nuestro barco se acercaba a la playa. Una vez más, incluso estando ya allí, me pregunté si todo aquello era una buena idea. Al fin y al cabo, irte a tu luna de miel con tu única amiga soltera en lugar de con el novio al que prácticamente plantaste en el altar no es el acontecimiento perfecto que cabría esperar.

Rose me dio un codazo, despertándome de mi ensoñación. Dejábamos atrás las aguas profundas del Atlántico y nos acercábamos a White Meadows, una playa de color turquesa.

—Mira hacia allí. Con disimulo. Lleva un rato escoltándonos —me alertó mi amiga.

—¿Quién?

—Aquel motorista.

Apuntó hacia una moto acuática que nos seguía desde hacía un rato desde cierta distancia. Sobre ella se adivinaba la silueta de un hombre corpulento, seguramente atractivo. O tal vez solo estábamos proyectando lo que esperábamos de aquellas vacaciones sorpresa. Sorpresa para Rose, no para mí. Yo había estado proyectando aquel viaje a las Bahamas desde hacía un año y medio. Con distinta compañía y distinto propósito, claro.

Sentí de nuevo el nudo en la garganta que me había acompañado casi toda la semana. No dejaba de preguntarme cuándo se desharía. Cuándo empezaría a respirar mejor.

Rose me observó. No añadió nada más con respecto al motorista acuático. Era muy consciente de que cualquier ente masculino podía desatar en cualquier momento una de mis repentinas tormentas de lágrimas.

—Te prometo que lo pasaremos bien, ya lo verás. Y que venir aquí ha sido la mejor idea que hemos tenido en siglos.

Rodeó mis hombros con sus brazos, y no supe si aquello me reconfortaba o me hundía un poco más. Lo de Will había sido un mazazo. Me enteré de que me era infiel con una de sus compañeras de trabajo en la mismísima noche previa a nuestra boda; y lo que más lamenté de todo fue no haberlo descubierto por la mañana, porque jamás he pasado una noche más horrorosa en toda mi vida.

Es horrible cuando la angustia no te deja dormir.

Aquella tarde Will —me costaba hasta pensar en su nombre, solo esperaba ir enterrándolo poco a poco en mi memoria— había dejado un teléfono móvil desconocido hasta la fecha sobre el mueble del recibidor de mi apartamento.

Lo hizo sin pensar en un ínfimo detalle: que yo me fijaría en que era la primera vez que lo traía a casa. ¿Y qué haces cuando descubres que tu prometido, con el que te vas a casar al día siguiente, trae un segundo teléfono a casa? Por supuesto, lo revisas con discreción. Era solo la punta del iceberg. Antes ya había indicios que apuntaban en esa dirección.

Y te preparas para lo que puedas encontrar.

Algo que, por supuesto, no suele ser bueno.

Cuando vi con mis propios ojos que Will me era infiel fue como si una fuerza superior apretase mi corazón. Traté de pensar rápido, de mantener la calma y de tomar decisiones certeras. ¿Qué haría Rose, mi mejor amiga, si se encontrase en mi lugar?

Estaba muy claro. Lo primero que haría Rose sería llamarme a mí. Buscarme. Y eso fue exactamente lo que hice. Cogí las llaves de casa, la prueba del delito y recorrí a toda prisa las cuatro manzanas de Manhattan que nos separaban.

Cuando la tuve delante me lancé a sus brazos y me hizo ver que aquello que ya me estaba rondando la cabeza, —y que no era otra cosa que ignorar lo que había visto, aquel intercambio de mensajes que no dejaba ningún lugar a dudas, y seguir con la boda como si nada—, no tenía ningún sentido.

—¿Has visto lo que yo estoy viendo? —me preguntó Rose. Había inclinado su cuello y mantenía el brillo de sus ojos oculto tras las gafas de sol.

Nuestro barco había llegado por fin a su destino: la alucinante playa blanca de White Meadows, justo delante del Hotel Paradiso. Había un pequeño embarcadero donde dos fornidos muchachos parecían aguardar instrucciones.

—Ni siquiera hemos puesto un pie en las Bahamas y ya nos esperan dos macizos.

—Rose, querida —le dije—. Te recuerdo que no vamos solas en el barco. Esos chicos solo están haciendo su trabajo, que parece ser exactamente asegurarse de que no nos caemos de bruces al agua cuando bajemos por la pasarela, por lo que veo.

Pero Rose no me escuchaba. Parecía hipnotizada por la sonrisa perfecta de los dos hombres, quienes, mientras el barco se detenía por completo, se preparaban para amarrarlo al pequeño embarcadero.

Porque esa era la única manera de llegar al Paradiso. En un catamarán. Observé el hotel, enorme y amplio pero de solo dos plantas. Era un exclusivo lugar de vacaciones, recóndito y solo al alcance de los pocos afortunados que se enterasen de su existencia, por lo general por referencia de alguien que había estado. No era el típico hotel para el que podías hacer una simple reserva por Internet. Había lista de espera para pasar unas vacaciones allí y yo sabía muy bien que Will se había peleado hasta lo indecible y había hecho llamadas a más de cinco personas para conseguirnos una habitación. La suite nupcial.

Diez días en el paraíso.

Nuestra luna de miel.

La misma que estaba a punto de pasar con Rose. Diez días tumbadas en una playa, bebiendo cócteles y tratando de olvidar la pesadilla que había supuesto cancelar la boda a último minuto; causando un disgusto a nuestras respectivas familias y amigos y, en definitiva, ahogándonos en un vaso de agua.

En el barco que habíamos tomado en Nassau para llegar al pequeño islote paradisiaco donde estaba el Paradiso viajaban unos veinte huéspedes más, todos preparados para iniciar sus vacaciones. Entre ellos, por supuesto, varias parejas de recién casados. En cuanto los vi besuqueándose en el puerto miré a Rose con cara de cordero degollado y le pregunté por enésima vez si aquello era una buena idea.

—No te preocupes —me había contestado con toda la paciencia del mundo—. Enseguida conoceremos hombres.

—¡Menudo consuelo! Te recuerdo que es una isla casi desierta a la que todo el mundo va emparejado.

—No. No todo el mundo. Allí vive gente todo el año, querida. No sé. Surfistas, pescadores, camareros...¡Náufragos! Ya sabes.

Sabía de su capacidad adivinatoria. Rose siempre ha sido muy de la brujería, pero para mí era importante hacerle entender que lo último que me apetecía en aquel momento era la remota posibilidad de ligar.

—¿Eres consciente de que no quiero saber nada de eso, verdad? —le pregunté, muy seria—. Te recuerdo que la única manera que has tenido de convencerme para no anular este viaje ha sido pronunciar las palabras mágicas, y que ninguna de ellas era "hombres".

Rose me miró. Repitió como un mantra:

—Playa, cócteles, buffet libre, mercadillos artesanales, esnórquel, sol, bronceado y novelas.

—Te olvidas del factor de protección 50 y que he logrado convencerte de que dejaríamos nuestros teléfonos móviles en Nueva York —añadí.

Asintió y cambió de tema enseguida. Uhm. Sospechoso.

Eso había sido complicado, la verdad, pero Rose finalmente había accedido a dejar el móvil en casa. Nos aseguramos de que nuestras respectivas madres tuviesen el teléfono de la recepción del hotel por si acontecía alguna catástrofe, pero aparte de eso, había ido allí con la firme voluntad de desconectar al máximo. Solo se nos podía contactar si había alguna emergencia. Lo habíamos dejado bastante claro y todo el mundo lo entendió.

No quería saber nada de mi vida en Nueva York. Solo pedía eso, desconectar durante diez míseros días. Y eso pasaba por dejar el teléfono en casa. Además, aquel maldito aparatejo había sido, muy recientemente, la causa de todas mis desgracias.

LAS VACACIONES QUE NECESITO

Subimos a la estrecha pasarela de madera que conducía hasta el muelle del embarcadero. Shelly, la guía que nos había acompañado desde el puerto de Nassau, permanecía junto al acceso al barco, abrazada a su carpeta, contando mentalmente a cada uno de los pasajeros que lo abandonaba. No teníamos muy claro si debíamos despedirnos de ella definitivamente o nos acompañaría hasta tierra firme.

Los dos mozos nos esperaban junto a la pasarela y al parecer, según me había susurrado Rose, su función no era solo darnos la mano para que nos diésemos de bruces. Ellos se ocuparían también de llevar nuestro equipaje hasta la puerta de nuestra habitación.

Ahí fue cuando lo vi por primera vez. En todo su esplendor.

Lo primero que admiré de Luke fue su mano, morena y fuerte. Curtida por el sol. Atrapó la mía en un suspiro, como si nuestras extremidades tuviesen propiedades magnéticas. En cualquier circunstancia me habría molestado ese contacto tan repentino, —y de hecho me pilló por sorpresa—, pero creí que se limitaría a ofrecerse como un simple punto de apoyo y la realidad fue que noté cómo sus dedos se aferraban a los míos.

—¿Esto es normal? —murmuré entre dientes. Me giré un segundo para consultar con Rose, que muy probablemente no sabía a qué me estaba refiriendo, pues ella se había agarrado a las cuerdas que ejercían de pasarela.

—Estamos en el Caribe, querida —contestó—. Por supuesto que es todo normal.

Pero entonces levanté la vista y me topé con su sonrisa. Con sus ojos no, pues se ocultaban tras unas gafas de sol. Pero debían ser preciosos. Y era mucho mejor así, pensé, pues quería mantenerme firme en mi voluntad de no prestar la más mínima atención a ningún hombre.

No después de todo lo que había sucedido.

Solo quería unas vacaciones.

Creéme, necesitaba unas vacaciones. ¿Acaso era mucho pedir?

CAPÍTULO 2

LUKE

La morena de la mirada triste hizo un mínimo esfuerzo por sonreír cuando soltó mi mano y me aseguré de que pisaba con firmeza el suelo del embarcadero.

Recuerdo lo que pensé en ese preciso instante: que haría cualquier cosa porque aquella mujer volviera a sonreír de verdad.

Llevaba unas pocas semanas en White Meadows y estaba a punto de tomar las riendas del negocio familiar: el Hotel Paradiso. Pero en ese tiempo, ni en todos los años en los que había pululado por aquella playa, aburrido, no había visto jamás a nadie llegar con un semblante tan triste.

El Hotel Paradiso es propiedad de mi padre, Weston Davies; quien preparaba su jubilación desde hacía ya unos años. Y antes lo fue de mi abuelo, Wilbur Davies. Mi hermano pequeño Lloyd, tenista profesional, nunca ha sentido ninguna inclinación hacia el negocio familiar, así que dado que el viejo Weston no quería ni oír hablar de vender el hotel, todo apuntó siempre a que sería yo mismo quien se ocuparía de dirigir el hotel cuando él se retirase.

Y eso era precisamente lo que estaba haciendo en las últimas semanas: preparando una transición de la manera más tranquila posible pero que al fin y al cabo iba a suponer un cambio drástico en mi vida. Dejar atrás mi día a día en una de las escuelas de negocios más prestigiosas de Boston para instalarme en una isla perdida del Caribe, mientras que mis padres se retirarían a una isla vecina. Y yo viviría en una casa anexa al hotel.

Ese era mi futuro y lo había aceptado de forma serena y natural en los últimos tiempos.

Si alguien me hubiese preguntado hace unos años si lo que quería hacer con mi vida era abandonar la ciudad e instalarme en una playa, al frente de un gran negocio, lo hubiese mirado como si estuviera loco. Pero ya cumplidos los treinta y cinco y después de haber vivido intensamente la noche de Boston, y con ello todas las relaciones locas y superfluas a las que parecía destinado; me pareció que lo que me corrrespondía, y donde encontraría la verdadera felicidad, era en la playa de White Meadows.

Y mis sensaciones en aquellas primeras semanas eran buenas, muy buenas.

Había llegado allí sin ataduras de ninguna clase, dispuesto a absorber conocimientos como una esponja, y una de las primeras cosas que acordé con Ellen, la gerente del hotel y la hasta ahora mano derecha de mi padre en el negocio, fue que me remangaría y aprendería sobre cada uno de los puestos de trabajo del hotel. Y eso implicaba pasar una semana en la cocina, otra preparando cócteles, otra en el servicio de habitaciones, otra en la recepción, otra arreglando las estancias cuando se marchaban los huéspedes...

Y otra, la última de mi máster acelerado sobre los mecanismos internos del Hotel Paradiso, recibiendo a los nuevos huéspedes en la playa, junto al embarcadero, y transportando su equipaje hasta la puerta de sus habitaciones.

Y eso era exactamente lo que estaba haciendo cuando vi llegar a Erin Crawford, con su amiga exuberante y su sonrisa desdichada.

LAS VACACIONES QUE NECESITO

En cuanto se alejaron hacia el hotel en compañía del resto de huéspedes, me giré hacia Burton, mi compañero esa semana y le pregunté si me excusaba un rato. Hacerle una petición de ese tipo era tal vez algo injusto, pues Burton no tenía demasiada opción de decirme que no.

Por suerte uno de los mozos que se ocupaba del embarcadero estaba libre en ese momento y me relevó en el asunto del traslado de equipajes.

Los dejé allí y regresé de inmediato al hotel.

Instintivamente aceleré el paso hacia el despacho privado que había tras la recepción del hotel. A esas horas estaría desierto, a pesar de que ya me lo había adjudicado hacía un tiempo. Realmente aquellas semanas en las que había ejercido todo tipo de empleos en el hotel me habían hecho olvidarme a ratos de que pronto todo estaría bajo mi supervisión y que desde allí me aseguraría de que todo marchaba bien y que nuestros huéspedes, nuestros "amigos", como los llamaba mi padre, tenían la mejor experiencia posible en casa.

Golpeé la puerta del despacho con los nudillos y al ver que nadie me contestaba, entré sin más.

Me fui directo hacia el ordenador. Quería ver el listado completo de las admisiones de aquel día, de todos los "amigos" que llegaban esa mañana para pasar sus vacaciones en el hotel Paradiso.

El hotel no admite a más de cien clientes al mismo tiempo, conviviendo bajo nuestro techo. Tenemos ochenta espaciosas habitaciones y a pesar de que el recinto es inmenso nos gusta recibir a todo el mundo con todas las atenciones posibles. Aquí no puede existir el agobio ni la masificación. Esa siempre ha sido una de las máximas de los Davies a la hora de llevar las riendas del negocio.

Abrí el documento de admisiones de aquel día y revisé con atención el listado. Con un objetivo claro, por supuesto: quería saber el nombre de aquella mujer que viajaba con su amiga (en ese momento se cruzó por mi mente la posibilidad de que fuesen pareja, pero por algún motivo, tal vez por mi ego descontrolado, lo descarté de inmediato).

En aquel barco habían llegado seis parejas —para seis habitaciones dobles— y una familia de tres personas, dos padres de mediana edad y su hija. El Hotel Paradiso era solo para adultos, así que no era nada común que una pareja viajase con alguno de sus hijos mayores de dieciséis años. Las tres habitaciones familiares de las que disponíamos rara vez estaban ocupadas.

Revisé el listado de nombres una y otra vez, pero no vi ninguna reserva a nombre de dos chicas.

Qué extraño, pensé. ¿Había algún error en el sistema?

Marqué el número de Ellen, quien a aquellas horas de la mañana debía estar organizando el programa de actividades que ofreceríamos a los nuevos huéspedes, así como el cóctel de bienvenida, previsto para esa misma tarde.

—¿Puedes pasar un momento por el despacho de recepción? —le pedí, como si fuese algo urgente.

Y lo era. Al menos para mí.

Quería investigar de forma discreta. Tal vez lo más sencillo habría sido acudir a recepción y pedirle a Kayla, quien se ocupaba en ese momento de la entrega de llaves, que me aclarase aquel misterio, pero no quería toparme de nuevo con la preciosa chica de la sonrisa triste sin estar al corriente de la situación.

Por suerte, Ellen estaba siempre al tanto de todo.

Era consciente del rumor absurdo que había circulado por el hotel respecto a si yo me plantearía o no prescindir de sus servicios ahora que mi padre se retiraba, pero no había nada más lejos de mi intención. Ellen era magnífica. La necesitaba a mi lado. Así me lo había aconsejado mi padre y así lo había percibido yo mismo durante las primeras horas en los que nos conocimos.

Pasaron unos cinco minutos y escuché unos leves golpecitos en la puerta.

—Adelante.

Ellen entró, como siempre vestida con uno de sus inmaculados trajes de chaqueta. Jamás descuidaba ni un solo detalle de su vestimenta, a la que consideraba prácticamente un uniforme, a pesar de que buena parte de nuestro día a día tenía lugar en la playa o sus alrededores.

—Espero que no se trate de un problema —dijo—. Porque hoy ya he apagado cinco o seis fuegos.

—Más bien estaríamos delante de un misterio.

Se acercó a mi mesa dando dos grandes zancadas con sus zapatos de salón y la rodeó para observar lo que yo ya señalaba en la pantalla de mi ordenador.

—Estas son las admisiones de hoy, pero estoy revisando el listado y no veo que haya ninguna habitación ocupada por dos señoras. ¿Es correcto? Sin embargo hoy he estado ayudando a Burton en la recepción de huéspedes y equipajes y he visto a dos chicas que iban juntas. La cuestión es que no sé si hay algún error en la lista o....

Ellen parpadeó dos veces antes de apartar la mirada de la pantalla y clavarla en mí. Uno de los motivos por los que estaba convencido de que íbamos a ser un buen equipo era porque estaba empezando a adivinar sus pensamientos.

Seguro que lo que estaba pensando era que aquello no era ningún misterio, ni tenía por qué preocuparme a mí.

—¿Burton? ¿Equipajes?

—Sí. He estado tres horas con él en el embarcadero esta mañana.

—Pero, no entiendo, ¿aún sigues con esa excentricidad de trabajar unos días en cada uno de los puestos del Paradiso?

—Por supuesto que sí. Quiero conocer cada uno de los retos diarios a los que nos enfrentamos y a todos y cada uno de los miembros de nuestro equipo. Ya te dije que no era ningún postureo. Así es como entiendo yo los negocios. Vas a ver algunos cambios positivos por aquí, ya verás. Tengo miles de ideas.

Ellen se encogió de hombros. Seguramente alguien le habría advertido que no tenía mucho sentido tratar de discutir conmigo o convencerme de que desistiera de algo que se me hubiese metido entre ceja y ceja.

Aún así, tenía la respuesta para mí. No esperaba menos de ella.

—Vale. Creo que sé exactamente de quién hablas. De Erin Crawford y de la sustituta, Rose Wall.

—¿La sustituta?

—Sí, justamente es una historia que Kayla me ha explicado esta mañana, después de los turnos del desayuno. La señorita Crawford había escogido el Paradiso para su luna de miel. Sin embargo, todo apunta a que finalmente no ha habido boda y ha decidido venir con una amiga. Por eso en la reserva debe aparecer aún el nombre del señor.

Vaya, vaya. Eso sí que no lo esperaba.

Tomé nota de los nombres que Ellen acababa de mencionar. Ella aguardó a mi lado, tal vez a que le revelase el motivo de mi interés.

—¿Por? —preguntó.

—Nada, me extrañó, es todo. Estamos en temporada alta de luna de miel. ¿El novio murió?

A aquellas alturas ya tenía perfectamente claro que la mujer que me había hipnotizado era Erin Crawford y la única razón que se me ocurría para que algún hombre cancelase su boda con alguien así era que hubiese sufrido un fatal accidente.

Ellen se encogió de hombros.

—¿Cómo voy a saber eso?

Bien. Me daba lo mismo. Solo significaba que tendría las cosas un poco más difíciles, pero la falta de información no me iba a detener.

—Creo que sería todo un detalle que enviásemos un ramo de flores a su habitación.

—¿A las dos? —preguntó Ellen.

—¿Las dos de la tarde?

—No. Ahora. Me refiero a las dos huéspedes.

Suspiré y estiré mi respuesta:

—Quiero decir: a la chica que iba a celebrar aquí su luna de miel. Hagamos que se sienta bien. No debe ser fácil tomar una decisión de ese tipo. Me parece un detalle bonito.

—¿Qué tipo de flores?

—Ellen, confío en ti para que te encargues de esto personalmente. El tipo de flores que te gustaría recibir si tu boda de repente se viniera abajo.

¿Por qué tenía que ser todo tan complicado? ¿Por qué no podía simplemente enviar mis deseos y órdenes de forma telepática para evitar malas interpretaciones?

La gerente se recompuso, dio dos pasos hacia la puerta y me dijo:

—Flores. Entendido. Déjalo en mis manos, Luke. Yo me encargo. ¿Quieres que añada alguna nota?

Busqué papel con el membrete oficial y boli en uno de los cajones del escritorio. Garabateé una nota y se la entregué.

—No tengo ningún sobre a mano. Por favor, encuentra...

—Sí, sí, no te preocupes, Luke.

Cogió la nota y abandonó el despacho.

Por supuesto que Ellen iba a leerla. Pero es que no me importaba lo más mínimo que todo el mundo se enterase de lo que estaba sintiendo, lo que me estaba atravesando desde que Erin Crawford había puesto un pie fuera del glorioso barco que la trajo hasta mí.

Esas cosas se saben al instante.

Esa mujer se reconoce en cuanto la ves.

CAPÍTULO 3

ERIN

Debo reconocer que sentí cierta decepción cuando vi que el chico que se ocupó de nuestro equipaje y nos lo trajo a la habitación no era el mismo que me había ofrecido su mano para descender por la pasarela del barco.

No le dije nada a Rose al respecto, porque sabía que estaba algo ansiosa por animarme cuando en realidad yo solo me conformaba con languidecer en una de las hamacas de la playa que veía desde nuestra terraza y que ya me llamaban poderosamente.

—Esta habitación es espectacular. Es gigante. ¿Y has visto esta terraza? —dijo Rose, paseándose por el salón con los brazos extendidos—. ¿Qué hemos hecho para merecerla?

Dejé escapar un suspiro.

—Es una de las suites *Honeymoon*. Para recién casados. Solo hay tres o cuatro disponibles en todo el hotel, creo—contesté.

La chica de la recepción, Kayla, había sido muy generosa dejándonos ocupar la misma habitación que había en la reserva original, a pesar de las circunstancias.

Eran las dos de la tarde y ya habíamos almorzado algo en el puerto de Nassau, justo antes de zarpar en el barco, así que teníamos toda la tarde libre antes de la cena. Me debatía entre dar una vuelta por el enorme hotel para reconocer el territorio o colocarme el bikini y lanzarnos directamente a la playa y atender la llamada de las hamacas.

Hacía años que no viajaba con Rose a pesar de que nos veíamos a menudo en Nueva York. No solíamos perdonar nuestro cóctel semanal. Era una tradición que habíamos mantenido contra viento y marea desde tiempos inmemoriales. Y a pesar de ello Rose, en cierto sentido, seguía siendo un enigma para mí. Su última relación seria se había volatilizado hacía ya casi un año y desde entonces no soltaba prenda sobre el estado de su corazón. No sé si era una coraza o simplemente tenía puesta su atención en otros asuntos. Lo dicho, un misterio.

Soltó un grito de alegría cuando abrió la nevera y vio una botella de Moët Chandon bien fría.

La agarró y la sacudió en el aire como si fuera un trofeo.

—No vamos a esperar, ¿no?

—¿Esperar a qué? —fue toda mi respuesta—. Adelante con ello.

Iba a soltarle un discurso sobre por qué considero que la paciencia está sobrevalorada, y de paso que puedes pasar cuatro años esperando el día de tu boda junto a la persona equivocada, cuando llamaron a la puerta. Me acerqué, con la ridícula esperanza de que fuese el chico que nos había recibido en el embarcadero.

Era una elegante mujer semioculta detrás de un precioso ramo de peonias rosas.

—Para Erin —dijo.

—Yo soy Erin.

Me miró de arriba abajo y me sonrió.

—Ahora lo entiendo todo —murmuró, mientras me entregaba las flores —. Esto es, uhm...un pequeño detalle de bienvenida para vosotras. Para ti.

—Guau. No sé qué decir. Son preciosas. He visto que hay un jarrón sobre la cómoda. Las pondré en agua. Muchísimas gracias...

—Ellen. Soy la gerente del hotel. ¿Está todo a vuestro gusto en la habitación?

Pensé de nuevo en el guapo desconocido del comité de bienvenida. Tal vez podría preguntarle a Ellen por él. No en ese momento, claro. Eso resultaría un poco desesperado. Al día siguiente, ¿tal vez? No sabía muy bien qué me estaba pasando. Lo atribuí enseguida a mi subconsciente deseoso de enterrar la pesadilla nupcial de los últimos días.

Sonreí. Y eso era algo que a cada hora que pasaba me costaba un poquito menos.

—Está todo perfecto, muchas gracias. Kayla nos ha explicado todo.

La mujer me dio su tarjeta. Me sorprendió un poco el gesto, lo veía un poco anticuado, y eso me hizo pensar en que tal vez el tiempo en White Meadows, o incluso en el Hotel Paradiso, estaba un poco detenido. Al fin y al cabo todos estábamos allí para hacer un paréntesis en nuestra rutina.

Ellen se despidió y cerré la puerta.

Fui directamente a buscar el jarrón para poner las flores en agua, pero ya había visto el pequeño sobre blanco incrustado entre los tallos.

—Cómo se nota que estamos en un hotel de categoría —dijo Rose.

—Créeme, soy consciente. Me he dado cuenta en el momento en que hemos bajado del barco —contesté.

No podía callármelo más.

—Me ha encantado el chico que nos ha recibido a la llegada.

Rose sonrió de forma enigmática.

—El moreno alto. Lo sé.

—¿Lo sabes? ¿Y no has soltado ni uno de tus ácidos comentarios al respecto?

Me lanzó una de las almohadas de raso blanco con forma de corazón.

—No. Sin que sirva de precedente, me he callado. Solo me he dedicado a proyectar en silencio para que te lances a sus brazos lo antes posible. Y me temo que si abro mi bocaza y opino al respecto lo arruinaré todo.

Cogí el jarrón y fui a la pequeña cocina para llenarlo de agua. En ese momento estaba tan desconcertada por la visita repentina de Ellen que incluso olvidé abrir el sobre que lo acompañaba, que quedó sobre la mesa de la cocina.

Coloqué las flores sobre la mesa del salón y desvié mi mirada hacia el mar, a través de las puertas del balcón. La perspectiva de aquella playa de arena blanca ocupó por completo mi mente. No veía nada más allá de esa inmensidad azul que me llamaba a gritos, como si sumergiéndome en ella iniciase mi proceso de purificación.

Y tal vez de curación.

—¿Vamos? —preguntó Rose.

Asentí.

—Dame cinco minutos, me pongo el bañador y el protector solar.

Rose y yo localizamos bastante rápido nuestro rincón perfecto en la playa y decidimos que no nos moveríamos mucho de ahí en los próximos diez días. Era ideal. No demasiado lejos del agua, estratégicamente cerca de una gran palmera que evitaba que el sol cayese a plomo sobre nuestra piel y, sobre todo, con una interesante vista del embarcadero donde a aquellas primeras horas de la tarde se acercaba otro catamarán procedente de Nassau para desembarcar a una nueva remesa de huéspedes.

Extendimos nuestras toallas sobre las hamacas y nos parapetamos bajo las gafas de sol y las elegantes sombrillas del resort.

—Ahí llega una nueva horda —dijo Rose, como si fuese la ama y señora del lugar—. Veamos qué nos traen.

Alcanzó su cesta playera y empezó a revolver en su interior.

—Recuerdo que la chica que nos acompañaba en el barco me dijo que hoy llegarían dos grupos al hotel en lugar de uno —dije.

Atónita, observé cómo Rose sacaba de su bolso unos pequeños prismáticos y se los acercaba a la vista.

—No te creo —le dije—. ¿Unos prismáticos, Rose? ¿Eso no es de pervertida?

—Por supuesto. Recomiendo llevar siempre unos encima. Por ejemplo, para poder admirar lo que estoy viendo ahora mismo.

—Qué es.

—Tu novio. El mozo de las maletas. Está acercándose al muelle ahora mismo para recibir al segundo barco.

Le arrebaté los prismáticos en cuanto lo mencionó. Identifiqué la tristeza que me invadió al instante. Por primera vez en días no se debía a la boda desmoronada, sino al simple hecho de que no sabía el nombre de aquel desconocido, para quien yo era invisible e inexistente. Una más de “la horda”. Una clienta. Él me había tendido su mano al llegar a aquella isla perfecta, pero solo porque esa era su obligación.

Lo observé a través de las lentes, cerca y lejos al mismo tiempo. Paseaba en círculo por el embarcadero mientras aguardaba el desembarco de los pasajeros. Su compañero, el mismo que nos había recibido a nosotras, estaba allí con él. En un momento se giró hacia donde estábamos nosotras y miró en mi dirección.

Decidí sostener los prismáticos, no hacer ningún gesto brusco para no llamar su atención. Aunque estaba convencida de que era imposible que nos viese desde esa distancia.

Y entonces saludó.

¿Me saludó?

O, simplemente, agitó el brazo mientras inclinaba el torso en nuestra dirección.

Los prismáticos cayeron sobre la toalla, y Rose se inclinó para retomarlos rápidamente.

—Ojo. Son muy delicados —me regañó.

—Es guapísimo —murmuré.

Lo era. Nadie podía negar lo evidente. Tenía un cuerpo de dios griego, esculpido en una forja milagrosa. Irradiaba una energía cálida y magnética que te arrastraba hacia el hueco que formaban su pecho y sus brazos bronceados. Ese sí era el refugio caribeño perfecto y no este precioso hotel.

—Nos está saludando —dijo Rose, levantando su brazo.

—¿A nosotras? Imposible —contesté.

Eché un vistazo a la playa. Lo cierto es que no había nadie más por allí. Sujeté el brazo de Rose para que parase, pero ella no desistió hasta que murmuró:

—A nosotras, sí. De hecho viene hacia aquí.

—Oh, dios mío.

Qué horror. Me sentía como una adolescente avergonzada, con las hormonas a flor de piel.

—Sí. Viene. Yo de ti no lo dejaría escapar, Erin. Una noche. Una sola noche. Aliviará tu dolor. Quién sabe, igual hasta lo hace desaparecer del todo. Y qué son unas vacaciones sino exactamente eso.

Mientras escuchaba las palabras que Rose pronunciaba como si fuese una de sus profecías yo ya me resistía en silencio a que mi encuentro con aquel hombre se limitase solo a una noche. Una noche podría curarme, sí, pero yo aún no sabía su nombre y ya imaginaba todo un futuro en aquella playa.

Agité la cabeza y sonreí. Él había empezado a correr hacia nosotras, pero en cuanto estuvo más cerca aminoró el paso.

Menudas películas te montas, Erin, pensé.

CAPÍTULO 4

LUKE

—SOY LUKE. CREO QUE antes no me he presentado.

Omití mi apellido con toda la intención del mundo. Allí y entonces quería ser simplemente Luke.

Primero extendí la mano a su amiga y después a ella, porque quería volver a retenerla unos segundos más de la cuenta para que no hubiese duda alguna con respecto a mi verdadera intención. Y por si acaso la hubiera estaba dispuesto a despejarla en ese mismo instante. Iba a preguntarle a Erin si quería dar un paseo por la playa.

Porque aunque me encantó que brotase de su garganta, yo ya sabía su nombre y su apellido. Que por suerte seguía siendo su apellido de soltera. Erin Crawford.

Ellen no había sido de gran ayuda a la hora de investigar qué había sucedido exactamente con la reserva original de Erin, por lo que me puse manos a la obra y después de pedirle que le hiciese llegar las flores, busqué de nuevo en nuestro motor de reservas y nuestros archivos internos para asegurarme de que tenía el camino totalmente libre en lo que a Erin respecta.

Aunque sinceramente, si no hubiese estado totalmente libre me habría dado igual.

A aquellas alturas estaba acostumbrado a conseguir cualquier cosa que me propusiera.

No es arrogancia, de verdad. Es pura tenacidad. Determinación. Y confianza en que las cosas que vienen hasta mí sin esperarlas son las correctas. Las que se quedan.

Averigüé, con la pequeña pista que nos proporcionó Kayla, lo que había sucedido exactamente con la boda frustrada de Erin. Su prometido, ese desgraciado de Will Mason, había llevado una doble vida hasta el último minuto. Erin lo descubrió, por suerte antes de casarse y subirse con ella a ese barco. ¿Cómo he descubierto todo eso? Después de una exhaustiva investigación en Instagram.

Pensé por un momento en lo que habría sentido si la hubiese visto bajar del catamarán acompañada de su recién estrenado marido, probablemente con los ojos brillantes.

Lo mismo, habría sentido lo mismo.

Y no tengo la menor idea de qué habría sucedido.

Por eso tenía la firme convicción de que no podía dejar escapar aquella oportunidad. Y no pensaba esperar al último día.

Erin se incorporó y se puso de pie.

—¿Quieres dar un paseo por la playa? —le pregunté. Solo tenía ojos para ella, pero enseguida recapacité y me incliné hacia Rose, su amiga.

—Queréis —corregí enseguida.

—Ve tú, Erin. Yo estoy esperando una llamada. Además, mi libro está demasiado interesante.

Erin pareció algo desconcertada ante la respuesta de su amiga, pero aceptó enseguida.

—Me encantaría conocer los alrededores —contestó con una sonrisa—. Vuelvo enseguida, Rosie.

Me hizo gracia su expresión, "los alrededores", porque desde donde estábamos solo se veía una inmensidad azul y blanca rodeándonos. Nada iba a distraerme de su belleza. Solo podíamos alejarnos en compañía del otro, no había mucho que conocer en la playa de White Meadows porque era el lugar perfecto para fijar la vista el horizonte y olvidarse de todo.

Quería preguntarle cómo estaba, consolarla si lo necesitaba o arrancarle una sonrisa, pero no podía hacerlo porque eso me delataría. Erin sabría que habría estado indagando sobre ella.

—Luke, ¿eres de aquí? Siempre me preguntó quién vive en estas islas en realidad.

—Soy de Nassau. Pero White Meadows es ahora mi hogar, sí.

Se detuvo un segundo. Nos habíamos alejado unos veinte metros de Rose y el mundo, como ya suponía, había desaparecido bajo nuestros pies. Si eso no es una señal de que estás delante de la mujer perfecta...

—Siempre he querido saber cómo debe ser vivir y trabajar en un sitio donde todo el mundo viene a relajarse...y a olvidar.

Su tono de voz se tornó melancólico. Pero Erin parecía dispuesta a hacer un esfuerzo extra por animarse.

—No hace mucho que vivo aquí —le dije—. He pasado unos años en Boston...

Me mordí el labio. No quería contarle mucho sobre mí. Al menos no todavía. Quería, en cambio, saber todo sobre ella, o al menos averiguar hasta dónde me dejaba avanzar.

—Eso es para mí un pensamiento recurrente. Dejar atrás una vida en la ciudad. Tener un trabajo que no te dé demasiados quebraderos de cabeza. Una existencia sin demasiadas complicaciones y rodeado de todo esto. Yo vivo en Nueva York, ¿sabes? Y es agotador. Estoy exhausta.

—Y te olvidas de estar siempre bronceado —añadí.

Sonreí.

En realidad mis quebraderos de cabeza eran bastante recurrentes, sobre todo desde que mi padre me dijo que tenía previsto adelantar su jubilación, pero no la corregí. Al contrario, la entendía a la perfección.

Observé el perfil de Erin, caminando a mi lado. Las olas rompían alrededor de nuestros pies y regulaban nuestra temperatura. La mía al menos estaba por las nubes. Me era imposible disimular lo excitado que estaba. Era el calor y el olor del mar, pero también la proximidad de su cuerpo. Contemplé de reojo el perfil de sus pechos, agitándose levemente bajo su elegante bañador.

¿Qué hombre en su sano juicio podía dejar escapar una mujer así, por dios?

Era una pregunta que me martirizaba.

Simplemente no me podía creer aquella situación.

Alargué la mano y rocé los dedos de la suya, solo para observar su reacción.

Necesitaba saber si aquello que me estaba consumiendo le rondaba a ella también.

Erin se giró y miró a lo lejos, esquivando por un momento mi mirada. Solo esperaba que no buscase una vía de escape. Que no saliese corriendo y me dejase varado allí, como un naufragio desastroso.

Pero no huyó. Solo dio la espalda al mar y después se acercó un paso más a mí.

Y la energía que nos envolvió fue imposible de ignorar. Mis manos recorrieron aquellos brazos. Los mismos que aún no había tocado el mar turquesa.

Noté como su piel se erizaba. Pero no se apartó. Quería seguir acariciándola pero no podía si ella no me daba un permiso más explícito.

—Estoy de vacaciones, Luke —susurró—. Supongo que quiero olvidarme de todo.

Sus ojos se perdieron en la arena y yo la atraje hacia mí. Acaricié su cuello y la arista perfecta de su mandíbula y la besé. Primero un acercamiento suave a sus labios, y luego un intento de calmar el volcán que se abría paso.

Nos enredamos de pie, en la orilla, en la que sería para siempre nuestra playa.

O tal vez solo lo sería en mi desbocada imaginación, porque estaba construyendo un inmenso castillo de arena en el aire. Me había permitido besarla; sí, y estaba recreándome en cada milímetro de sus jugosos labios, pero como ella acababa de decir, estaba allí de vacaciones.

Yo era una simple vía de escape. Un tipo más o menos atractivo que podría hacerla sentir bien. No curarla, pero sí aliviar sus heridas.

Los besos alivian.

Podía distraerla.

Podía ser una distracción.

En aquel momento, cuando yo ya sabía que estaba perdido y que no había marcha atrás posible, lo único que me quedaba era decidir si aceptaría ser solo eso para Erin Crawford.

CAPÍTULO 5

ERIN

Observé mis mejillas encendidas en el espejo. Había usado suficiente protector solar, así que sabía perfectamente a qué se debía aquel súbito enrojecimiento. O no tan súbito. Estaba acalorada desde aquel sorpresivo y osado beso en la playa con el chico de las maletas.

Luke.

Había acudido a presentarse y yo creí que era una simple cortesía de los empleados para con los huéspedes del Hotel Paradiso, pero sentí la misma electricidad que cuando me había ofrecido su mano por primera vez para ayudarme a bajar del barco.

Rose apoyó su barbilla en mi hombro y contempló mi reflejo.

—Esta noche cae —susurró.

—Oh, vamos. Te recuerdo que acabamos de llegar. ¿No llevamos ni un día en las Bahamas y ya me estás buscando problemas?

—¿Yo? Te los buscas tú solita, querida.

Rose se alejó de nuevo mientras se preparaba para la cena. La encontraba algo distinta desde esa mañana. Más silenciosa. Sin duda, algo estaba tramando. Había sido muy generosa adelantando sus vacaciones para acompañarme estos días, a pesar de que estaba ocupando la plaza de Will. Es decir, nadie en su sano juicio descartaría unas vacaciones gratis en las Bahamas.

La seguí hasta el salón. Me había puesto un sencillo vestido blanco, tal vez más adecuado para la recta final de las vacaciones, cuando mi bronceado se acentuase un poco más. Pero ni siquiera había deshecho del todo la maleta.

No me atrevía a decirle a Rose que algo me estaba sucediendo desde que me había cruzado con aquel chico.

—Es solo una pequeña distracción —le dije.

—Ya. Mira.

Sacó un teléfono móvil de su bolso y me enseñó la pantalla. Hice un pequeño aspaviento.

—Creí que habíamos acordado no traer el teléfono.

Soltó una risita nerviosa.

—Este no es mi teléfono principal.

Eso me traía muy malos recuerdos.

—¿Qué os pasa a todo el mundo? ¿Ahora no es suficiente con un solo teléfono?

—Debo confesar que he dejado en casa el teléfono del trabajo. Este es el personal —dijo Rose—. De todas formas, mira. Os he hecho una foto preciosa.

Me mostró una imagen, dos figuras en la playa recortadas bajo el atardecer, unidas por un beso. Éramos Luke y yo.

—Paparazzi —murmuré. Pero era imposible echarle la bronca porque la instantánea era realmente preciosa.

—Creo que te gusta.

—Por supuesto que me gusta. Tú lo has visto, ¿no? Es como un Dios del Olimpo. Me vendría muy bien algo así para...

Rose me lanzó una de esas miradas que indicaba que sabía muy bien lo que pasaba por mi cabeza. A veces cuando alguien te conoce tan bien no hay forma humana de disimular.

—Me refiero a que te gusta de verdad. Y con respecto a que acabamos de llegar, mucho mejor. Así tendrás más días para disfrutar de él. De su compañía, quiero decir. Por mí no te preocupes, yo me entretengo solita.

No quería decirle que sí, que había sentido algo precioso e intenso cuando aquel chico me había besado.

Aún así algo me obligaba a seguir negándolo.

—Rose, aunque así fuera, te recuerdo que estamos aquí de vacaciones. Diez días. Y luego, a la vuelta en Nueva York, me espera un largo periodo de recuperación. No quiero saber nada de ningún hombre en una larga temporada. Esa era la idea.

Era.

—Ese tal Luke es perfecto —dijo Rose—. Y parecía súper educado. Pero solo puede ser una distracción, Erin. No es que te esté dando la razón, es que en la playa te he visto cuesta abajo y sin frenos. Y no he venido aquí solo a recoger los pedacitos. Quiero que desconectes, lo pases bien y empieces a recuperarte.

Sabía muy bien por qué Rose decía aquello. La quería mucho, pero a veces podía resultar un poco elitista. Traumas del pasado, sin duda. Ella procedía de un entorno humilde, algo que nadie diría si la observas caminar. Siempre tan elegante, con un gusto tan exquisito para vestir y con esas joyas delicadas que compra en algún lugar de Manhattan del que nunca habla.

Siempre interesada de manera sutil en hombres con dinero. Nunca lo decía de forma explícita, pero conociendo su historial de citas era fácil dibujar un perfil de hombre que se perpetuaba constantemente.

Por supuesto que consideraba a Luke "una distracción". Al fin y al cabo era "el chico de las maletas". Un tipo guapo y relajado que nos había recibido a pie de playa. Parte del decorado idílico e irresistible que nos rodeaba.

Un espejismo temporal y perfecto.

Solo que para mí era un espejismo muy real.

Terminamos de cenar en el salón Marfil a eso de las diez de la noche y Rose y yo nos acercamos a la barra de una de las tres elegantes coctelerías del Hotel Paradiso. La noche era perfecta. Una banda de jazz se había acomodado en uno de los rincones de la terraza y el rumor de las olas al fondo se colaba entre canción y canción.

Rose y yo nos acercamos a la barra y decidimos que aquel sería, por defecto, el mejor lugar en el que apostarse por las noches.

De repente se puso muy recta y murmuró:

—¿Me disculpas un momento? Vuelvo enseguida. Me he dejado algo en la habitación.

Asentí mientras degustaba mi copa, un Sex on the Beach que habíamos pedido con esperanza premonitoria.

Rose se levantó y se perdió entre la multitud, dejándome sola en la barra. Esto, por suerte, nunca ha sido un problema. Hacía tiempo que no viajaba con ella, pero en nuestras escapadas pasadas siempre nos concedíamos ratos de soledad de los que ambas disfrutábamos.

Lo único que me mosqueaba era el asunto de ese teléfono que había decidido esconder en la maleta a última hora, ya que habíamos acordado dejarlos en casa como experimento social. Mi sospecha era que la repentina huida de Rose tenía que ver con el dichoso móvil.

Me concentré en la copa mientras observaba el ir y venir de los huéspedes. Todo el mundo parecía relajado y tranquilo. Vi al matrimonio que iba con su hija adolescente en el barco. O tal vez era un poco mayor, dieciocho o diecinueve años. Y también estaba por allí la gerente, Ellen, quien nos había traído el ramo de flores a la habitación. Recordé la tarjeta prendida entre los tallos que había dejado sobre el mármol de la cocina y que había decidido no abrir en última instancia.

No la había abierto, en el fondo, porque temía que se tratase de uno de esos ramos que reciben por defecto las recién casadas junto a una botella de champagne en su suite nupcial. Un detalle que alguien se hubiese olvidado anular y que me provocase un dolor repentino.

Observé un pequeño tumulto en una de las puertas de acceso a uno de los grandes vestíbulos del hotel, que comunicaba directamente con la terraza donde tenía lugar la animación nocturna. El rumor cercano del mar me había mantenido en calma hasta que apareció él. Luke. Con un aura muy distinta de la que tenía durante el día.

Creo que lo aprecié mejor de noche.

Aquel hombre era más o menos de mi edad y observé cómo de repente se abría paso entre la multitud transformado en alguien mucho más misterioso y elegante. No era el muchacho de las maletas. Era alguien que despertaba admiración a su paso, a quien saludaban con una sonrisa los camareros con los que se cruzó.

Yo no podía apartar la mirada de su trayectoria y él, sin mirarme ni una sola vez, parecía dirigir sus pasos directamente hasta mi corazón.

Dejé la copa sobre la barra.

Y en solo dos minutos, en los que mi pulso se aceleró sin que yo pudiera frenarlo de ninguna manera, Luke se plantó a mi lado y me susurró al oído unas palabras para las que yo no tenía respuesta. Solo podía reaccionar levantándome y siguiéndolo.

¿Me acompañas un momento, Erin?, me preguntó.

CAPÍTULO 6

LUKE

Conozco esta playa y cada uno de sus recovecos como la palma de mi mano. Y era el lugar perfecto para estar a solas con Erin. White Meadows, ya entrada la noche, era una inmensidad negra y protectora que invitaba a dormir en ella.

Me habría encantado invitar a Erin a cenar en alguno de mis reservados, escucharla repasar los mejores momentos de su vida durante horas y aprenderme de memoria todas y cada una de las cosas que la ilusionaban.

Pero primero necesitaba erradicar de un plumazo su tristeza y sabía perfectamente que lo había conseguido en parte con aquel beso.

Y un solo beso de aquella mujer nunca sería suficiente.

—¿Tu amiga no te echará de menos? —pregunté, por pura cortesía.

Erin negó con la cabeza.

—Siempre se las ha apañado muy bien sola. De todas formas ha desaparecido hace diez minutos y no tengo la menor idea de qué ha ido a hacer.

Llegamos al montículo de Hoover, un conjunto de rocas a unos diez minutos caminando del Club de Playa del Hotel. Los dos hervíamos de anticipación. De deseo. Podía sentirlo. ¿Qué clase de locura es esta? Nos acabábamos de conocer. Y ella era una mujer frágil y dañada. No podía saber que yo estaba ya dispuesto a protegerla, a curarla y a hacer que se olvidase de cualquier fantasma del pasado, por muy reciente que fuese.

White Meadows es tan real como el mundo de ahí fuera. Y lo que yo estaba sintiendo desde que me permitió besarla era real y no podía hacer otra cosa que perpetuarlo. Alimentarlo.

Nos perdimos entre las rocas verticales de Hoover.

—Nunca he hecho esto —me dijo en cuanto la abracé.

—Hacer qué.

—Escaparme con un completo desconocido en mitad de la noche. Estas no son exactamente las vacaciones que esperaba.

La atraje hacia mi cuerpo y la besé en el cuello.

—Pues solo acaban de empezar.

Observé con regocijo que ella, en lugar de intimidarse, luchaba tímidamente con los botones de mi camisa blanca. La ayudé de inmediato. En cuanto quedó abierta sus dedos se perdieron por los pliegues de mis curtidas abdominales. El contacto me volvió loco, y ver que ella respondía frenéticamente a mis caricias me hizo darme cuenta de que no iba a ser unos simples besos. No íbamos a poder contenernos.

Tal vez Erin me estaba utilizando como un paño de lágrimas, un simple mecanismo de defensa.

¿Me importaba?

En ese momento, mentiría si dijese que sí.

Solo podía seguir tocándola. Para mí había sido toda una sorpresa que se desatase conmigo.

La señorita Crawford estaba dispuesta a dejarse llevar y disfrutar del confort del todo incluido.

Aquello era sucio y prohibido. Y la humedad asfixiante y el rugido de las olas lo acentuaba aún más. Podíamos follar allí mismo, regresar al hotel y no volver a dirigirnos la palabra nunca más.

Lo sorprendente era que esa posibilidad me aterrorizaba. Que ella se esfumase en la noche y que abandonase mi realidad a la mañana siguiente. Una auténtica pesadilla.

¿Qué me estaba sucediendo?

¿Cuándo me había preocupado algo así?

—Las rocas —murmuró Erin.

Su espalda desnuda estaba apoyada sobre la pared vertical de piedra. No podía permitir que ni un solo centímetro de su piel se lastimase. Porque yo iba con todo, no iba dejar que se colase ni un resquicio de aire entre nuestros cuerpos.

—Espero que no te importe mojarte.

Erin se rio.

—Ya lo estoy.

Me reí. Busqué de nuevo su lengua y me prometí a mí mismo no rasgar ninguna parte de su vestido.

Nos tumbamos en la arena en la que rompían unas tímidas olas, detenidas por la enorme roca frontal del conjunto Hoover. Era el escondite perfecto, y aunque desde mi adolescencia soñaba con ocultarme entre aquellas paredes naturales con la mujer de mis sueños, no podía creer que hubiese tardado casi veinte años en hacerlo realidad.

Olía a piedra húmeda y a sexo.

El bulto en mis pantalones se horadaba entre sus piernas, creciendo a cada segundo.

Erin se acomodó sobre él. Su vestido se empapó con la siguiente ola. Se tumbó sobre mi pecho, buscando de nuevo mi boca y yo hurgué debajo de la pesada tela que cubría sus piernas.

Otra ola nos alcanzó, pero yo sabía muy bien que la humedad que estaba palpando provenía de su interior. Estaba lista para mí y se revelaba perfecta, desinhibida. Preparada para disfrutar. Era lo único que me interesaba, arrancar un orgasmo de aquella garganta. Las rocas nos protegían y la luna parecía asomarse entre ellas, iluminando algunas de sus curvas.

Ella permanecía sentada sobre mí y aún así mis manos se desplazaban bajo sus nalgas. En un momento, empleé mi fuerza para levantarlas y acercar su coño hasta mi boca.

—Siéntate en mi cara —le dije—. Por favor. Lo necesito. Quiero comerte.

Sus manos se extendieron, apoyándose en las rocas que nos protegían. Sus jugos me inundaron en cuanto se acercó a mi boca. Empecé a saborear cada uno de sus pliegues mientras el agua salada nos rodeaba. Pensé que no me importaría morir ahogado allí mismo. La recorrí de arriba a abajo con la lengua una y otra vez. Estiré ambas manos para alcanzar sus pechos liberados.

Eso me permitió comprobar cómo Erin hiperventilaba y gemía sin control.

Apreté sus tetas en mis manos y acaricié sus pezones mientras mi lengua recorría incansable su clítoris. Una y otra vez. De arriba a abajo. Tenía que vencer la última resistencia y obtener mi premio, que no era otro que su máximo placer.

Una ola nos cubrió de nuevo, mojándonos el rostro y el pelo. Ya no teníamos ni un trozo de tela que no estuviese pegado a nuestro cuerpo. En ese momento, Erin separó sus caderas para concederme un segundo de descanso. Rápidamente, deslicé un dedo en su interior. Después, un segundo dedo. Los moví rápido arriba y abajo hasta que cayó desplomada de nuevo sobre mi pecho. El sonido del mar ocultó su intenso orgasmo.

CAPÍTULO 7

ERIN

Me sentía llena y vacía al mismo tiempo y sin embargo sabía muy bien que aquello no se había terminado. Sentí que podía estar allí toda la noche. Oculta entre aquellas rocas, destrozando cada uno de los malos recuerdos de mi vida anterior y entregándome una y otra vez a aquel hombre que ya no me parecía tan desconocido.

Me quedé paralizada, sentada sobre su torso. Nunca me había sentido tan ligera. Tan volátil.

Después de mi intenso orgasmo Luke se incorporó y me besó. Rodeó mi torso con sus fuertes brazos. Estábamos empapados. Si regresáramos al hotel no habría forma humana de explicar aquello sin que fuese evidente lo que había sucedido. ¿Me había caído al agua y él me había rescatado?

Sin duda sentía que de algo sí me estaba salvando.

Me acomodé encima de él y enterré la nariz en su pelo empapado. Nuestros torsos desnudos encajaban a la perfección. El agua se retiró de nuevo y entonces él me levantó, me tumbó sobre la arena y se acomodó sobre mí. Entonces yo recibiría el impacto suave de las olas y también a él. Enmarcó mi cara con sus manos mientras mis piernas se abrían automáticamente para recibirlo.

Y dijo algo que me asustó.

No porque no lo desease, sino porque me di cuenta de que esa absurda idea de que aquello se quedaría en una fugaz aventura caribeña estaba muy lejos de nuestra realidad.

—Siempre va a ser así para mí, Erin. Todas las noches desde hoy. No podremos evitar esto.

Me penetró despacio. Por un momento sus ojos se volvieron blancos, como si nunca hubiese experimentado semejante placer. Exactamente el mismo que me desbordó a mí. Sentí el pene inmenso de Luke tratando de acomodarse en mi interior, buscando su sitio natural.

Un momento de dolor y dos de placer, hasta que el dolor se evaporó por completo. Y entonces solo pude rodear sus caderas con mis piernas y atraerlo aún más hacia mí.

Los mechones de pelo empapados caían sobre su frente mientras me penetraba una y otra vez y no paraba de susurrar mi nombre.

—Erin, Erin...

Mi voracidad y mi deseo no se acababan. Cuando más al fondo llegaba Luke dentro de mi cuerpo más me aferraba a él para que no se separase de mí jamás.

Perdimos la noción del tiempo una vez más. Y entonces su espalda y sus brazos se tensaron. Luke apretó los dientes.

—Erin, nena, no puedo más...

A pesar de que ansiaba que me inundase allí mismo retiré mis piernas de su cuerpo, deshaciendo el candado con el que nos aferrábamos. Luke se separó de mí en el último momento y descargó su semilla sobre mi vientre. La noté caliente y viscosa y me recreé en la inmensa paz que me embargó hasta que una nueva ola limpió nuestros cuerpos.

A LA MAÑANA SIGUIENTE me desperté con la sensación de que alguien me observaba. Y solo podía ser una persona.

Rose.

Mi compañera de habitación.

Abrí los ojos y me la encontré a mi lado en el colchón, observándome como un gato ansioso que aguarda su desayuno.

—Menuda nochecita, ¿eh?

Gruñí en señal de respuesta. No tenía demasiadas ganas de hablar, pero no me iba a ser tan fácil librarme del interrogatorio.

—Cuéntamelo todo.

—No sé si hay demasiado que contar. Fui a dar un paseo con Luke. ¿Qué hora es?

—Las once. No disimules.

—No me lo puedo creer.

Me incorporé de golpe en la cama. ¿Cuánto tiempo había dormido?

—Deberías ver cómo llegaste anoche. Tu vestido blanco de Miu Miu está para el arrastre. Y tenías el pelo lleno de arena.

Rose dejó escapar una risita ridícula.

—Miau —dijo.

Se colocó un trozo de papel entre los dientes.

—No tengo un desayuno de campeones listo para ti, pero sí una sorpresa.

Dejó caer sobre la sábana el papel, que resultó ser el pequeño sobre que acompañaba a las flores que nos habían traído la tarde anterior.

Estaba abierto, por supuesto.

—Léelo. Esto te va a interesar. O tal vez no, si anoche os centrasteis en la conversación. Cosa que dudo porque debiste pasar un buen rato en la ducha para poder sacarte toda la arena de los sitios más recónditos.

Me reí.

—No voy a hacer declaraciones.

—Oh, sí. Claro que las harás. Quiero saber todo. Con pelos y señales.

—¿Qué es eso de que no hay desayuno?

—Ya te lo he dicho. Son las once. El horario del desayuno es de...

—Disculpa —la interrumpí—, pero estamos en la suite nupcial de un hotel de lujo. Por supuesto que habrá desayuno para nosotras.

Rose se encogió de hombros.

—Tenemos una cafetera. Si te parece, mientras lees esa nota, la pongo en marcha.

—Suena bien. Algo es algo.

Rose se alejó hacia la cocina de la enorme *suite*, que era más bien un amplio apartamento.

Abrí el sobre, a pesar de que la cabeza aún me daba vueltas después de lo sucedido con Luke. Pero aún no estaba en disposición de hablar del tema, ni siquiera recrearme demasiado en ello. Siempre tardaba una media hora en despertarme del todo.

Oí como el café salía de la cafetera italiana, y el olor delicioso que despedía ya me reconfortó. Después miré a mi izquierda y contemplé el mar de fondo. Estaba en el paraíso y aún no era consciente.

Fue entonces cuando supe que no eran unas flores que se enviaban por defecto a todas las recién casadas que llegaban de luna de miel.

La nota que las acompañaba decía así:

Solo quiero enviarte una sonrisa e iluminar la tuya.

Luke Davies

Lo leí varias veces. Davies. Ese apellido me resultaba familiar. ¿Dónde lo había visto antes?

Rose regresó a mi lado con una bandeja y dos tazas de café.

—Luke Davies —susurré.

¿Él me había enviado aquellas flores?

¿Era cien por cien el mismo Luke que...?

Mi amiga suspiró, metió la mano en el bolsillo de su bata de seda y me enseñó la pantalla de su teléfono.

—Menos mal que en un momento de lucidez guardé el móvil en la maleta por si nos surgía alguna duda existencial.

En la pantalla había una foto de Luke, sonriente y vestido con un elegante traje, estrechando la mano de un hombre mayor con el que guardaba un sorprendente parecido.

Arranqué el teléfono de sus manos y deslicé la pantalla hacia abajo para leer la nota completa. Era una noticia de la versión digital del *Miami Herald*. Y la habían publicado hacía solo una semana.

—Es...

—Es el dueño de este hotelazo, Erin. El heredero.

Menos mal que aún no estaba sujetando el café, porque se me habría caído sobre las sábanas de la impresión.

No sabía qué decir.

No podía articular palabra. Miré a Rose, confiando en que un simple vistazo comunicase todos mis sentimientos al respecto.

—Alucinante, ¿no?

—Yo no... no sabía...

—¡Es el heredero de un imperio hotelero! Y recibió a los huéspedes uno a uno en el embarcadero. ¡Ver para creer!

¿Cómo podía decirle a Rose que eso me daba exactamente igual?

—No sé cómo me siento al respecto. Me habría encantado que me lo hubiese dicho ayer...Esto es...un poco retorcido, ¿no crees? Es extraño. ¿No pensaba contarme ese detalle sobre su vida? ¿Sobre lo que está haciendo aquí?

Rose estiró la mano y cogió la mía.

—¿Estás bien?

No me dio tiempo de contestar, de articular una respuesta clara. En ese momento sonó el teléfono de la habitación. Dejé que ella respondiera. Mientras, retomé el móvil y miré su foto de nuevo. No había ninguna duda. Y el hombre con el que posaba era su padre, de quien había heredado el hotel.

Vi cómo Rose atendía a lo que decía una voz femenina al otro lado de la línea.

—De acuerdo, se lo digo enseguida. Gracias por avisar.

Colgó el teléfono.

—Alguien pregunta por ti en recepción.

—¿No podía ponerse al teléfono? —pregunté.

—Al parecer quiere verte en persona.

Me levanté, me vestí rápidamente y recorrí tres pasillos y dos vestíbulos para llegar hasta la recepción. Luke sabía que no había traído mi teléfono y que la única manera de vernos era localizarme en algún lugar del hotel.

Y esperaba encontrarme con él. Esperaba que pudiésemos calmar nuestra excitación, nuestras ganas de abrazarnos y besarnos y pudiésemos hablar tranquilamente sobre aquel secreto que se había guardado por un motivo que desconocía. Llegué al salón principal del Paradiso, con el pelo recogido en un moño que se deshacía a cada paso que daba.

De espaldas, en el mostrador de la recepción, observé la silueta de un hombre que conocía.

Pero no se trataba de Luke Davies, el nuevo y flamante director del Hotel Paradiso.

Era Will.

El mismísimo Will Mason.

El hombre que me fue infiel y que llevó sus malditas mentiras hasta las puertas de nuestra boda.

CAPÍTULO 8

ERIN

—¿Qué estás haciendo aquí? —le pregunté, visiblemente cabreada y poniendo mucho énfasis en cada una de las cuatro palabras—. ¿Crees que puedes presentarte en las Bahamas de repente, sin más, y arruinar mis vacaciones?

—¿Tus vacaciones? ¿Por qué no me dijiste que ibas a seguir adelante con la luna de miel?

Me habría reído si no fuera porque en el fondo era todo un drama, y porque precisamente estaba allí para olvidarme de su cara. Contestar con otra pregunta era muy típico de él, así que se lo repetí:

—¿Qué haces aquí, Will?

Hizo un aspaviento y dio dos pasos hacia mí.

—Supongo que era la única manera de hablar contigo. Ha sido imposible localizarte por teléfono.

Kayla, la recepcionista, nos observaba atónita. Creo que se dio cuenta de la situación al instante, y que sabía muy bien quién era el hombre que se había presentado en la recepción del hotel. Lo que me intrigaba en realidad no era ninguno de sus motivos, y mucho menos su repertorio habitual de excusas.

Me preguntaba cómo había llegado hasta allí.

—¿Qué quieres, Will?

—Solo hablar contigo. Cinco minutos.

—No tengo tiempo.

—¿Acaso no estás de vacaciones? Vacaciones pagadas por mi madre, déjame decirte. Y la sorpresa que nos hemos llevado al contactar con el hotel para aplazar la estancia y que nos dijeran que estabas aquí alojada. Con tu amiga.

No daba crédito a lo que oía.

—¿En serio has venido hasta aquí para eso?

Su tono de voz bajó de forma abrupta.

—No. He venido para disculparme, Erin. Para pedirte una nueva oportunidad. Creo que cometí un terrible error.

Estupefacción.

Surrealismo.

Pesadilla.

Se me ocurrían infinidad de palabras para describir aquello, pero pensé que nadie me creería si no lo presenciaba. Ni siquiera Rose, con sus excelentes dotes detectivescas, habría podido imaginar aquel súbito espectáculo.

Un show de mal gusto, debo decir.

Reconozco que antes de llegar al Hotel Paradiso habría considerado durante un par de minutos la petición desesperada y desfasada de Will, pero mientras él se acercaba y ponía todas sus dotes teatrales en marcha pensé en él.

En Luke.

Luke Davies, el heredero del hotel Paradiso.

El hombre con el que había pasado la mejor noche de mi vida.

Sentí rabia, porque me creía merecedora de unas vacaciones. De una desconexión total. No llevaba ni dos días en White Meadows y aquello había sido lo más parecido a una montaña rusa.

Respiré hondo. Y después solo pude pronunciar dos palabras:

—Vete, Will.

Pero nada era fácil con él. De repente estaba exhausta. Sentía cómo mi energía se me escapaba por los poros de la piel y él la absorbía como un auténtico vampiro emocional.

Y no se iba a rendir tan fácilmente.

—Erin...no. Insisto. Tenemos que hablar y resolver nuestros problemas. Creo que deberíamos...

¡Insisto!

LUKE

—Creo que ya la has oído, amigo. Lárgate. Aquí no pintas nada.

Di un paso adelante. Estaba dispuesto a proteger a Erin a toda costa. Y más después de observar, sin poder dar crédito, como el maldito Will Mason había tenido la desfachatez de presentarse en mi hotel sin previo aviso y por sus propios medios.

¿Cómo demonios había llegado hasta allí? Consulté mi reloj. Aún faltaba una hora para que llegase el primer catamarán con huéspedes de la mañana. Y lo sabía muy bien porque me había ocupado de recibir aquellos barcos y descargar las maletas durante toda la semana.

Y esa mañana, precisamente, era mi último día.

Al día siguiente ya me sentaría detrás de la mesa de dirección que había pasado tantos años esquivando.

—¿Perdona? ¿Tú quién eres? —me soltó.

Aquel tipo era la desfachatez en persona. Conocía muy bien a los de su calaña porque me había pasado años rodeado de ellos en las escuelas de negocio en las que había estudiado. Por suerte nunca me había mezclado con esos tiburones.

—Soy el director de este hotel —le dije, consciente de que Erin estaba delante y de que hubiese preferido que se enterase de eso en otras circunstancias—. Y nos reservamos el derecho de admisión. Ya has oído a Erin. Lárgate.

El rostro del tipo se descompuso al instante.

Mentiría si dijese que no me habría encantado partírselo. Por desgracia a nosotros no nos había causado los suficientes problemas como para emplear la fuerza.

Will Mason no se movió. Me desafió con la mirada. No podía pegarle allí, en el vestíbulo. No iba a permitirme perder así los estribos ni a rebajarme a su nivel. No valía la pena. Se había formado un pequeño tumulto y varios huéspedes y empleados nos estaban mirando.

Y entonces Erin me facilitó las cosas. Se cruzó de brazos, nos dio la espalda y se marchó de allí, sin decir ni una sola palabra, dando por terminada la discusión y privándole de su presencia. No se me ocurría nada más doloroso que verla marcharse.

Se dirigió hacia la playa, atravesando el vestíbulo principal.

—Cuando vuelva quiero que te hayas largado de aquí —repetí—. Nadando, si hace falta.

Salí detrás de Erin, que aligeró el paso cuando notó que alguien la seguía.

—¡Erin! ¡Espérame!

Se dejó caer de rodillas sobre la arena, de cara al océano, y entonces corrí hacia ella.

—¡Erin!

Me arrodillé a su lado. La abracé y ella ahogó un suspiro en mi cuello.

—No voy a permitir que te haga daño —le dije, acariciando su melena deshecha.

—¿El director del hotel, Luke? ¿Por qué no me dijiste algo tan importante?

Una lágrima de pura tensión resbaló por su mejilla.

—Lo siento. He pasado las últimas semanas trabajando en la cocina, en el servicio de habitaciones, como camarero en el hotel. Y esta semana me tocó recibir a los huéspedes y encargarme de su equipaje.

Erin me miró y aproveché para retirar con mi dedo aquella lágrima que a pesar de todo no lograba empañar su belleza.

—No entiendo nada.

—Ellen, tampoco, créeme —me reí—. Solo quería entender mejor todo lo que hacemos aquí día a día. Todo lo que necesitan quienes nos eligen para pasar aquí sus vacaciones.

Me miró, perpleja.

La abracé y pareció calmarse. Su respiración agitada empezó a acompasarse con la mía.

Observamos cómo, a lo lejos, Will salía del hotel profiriendo insultos, acompañado del personal de seguridad, a quien sin duda Kayla habría avisado.

—No quiero volver a verlo nunca más —susurró Erin.

—Es curioso cómo escenas de este tipo pueden quitarnos cualquier venda de un plumazo.

Meditó mis palabras durante unos segundos.

—¿Sabes qué? La venda se me cayó anoche, entre aquellas rocas.

La abracé de nuevo y observé que sus labios se entreabrían de nuevo para recibirme.

—Estoy deseando volver allí contigo.

Se rio junto a mi boca.

—Porque...¿qué tal una cama?

—Sí, tal vez nos iría mejor. Entonces, ¿estás dispuesta a pasar el resto de tu luna de miel conmigo?

Sonrió.

—No sé qué pensará Rose al respecto.

En aquel momento su amiga, como si la hubiésemos invocado, nos saludó desde una de las terrazas del hotel, donde estaba acompañada por un hombre atractivo; alguien que de hecho, conocía bien.

—Creo que estará bien —dijo Luke.

—Sí, no parece que vaya a ser un problema.

—El único problema, Erin, es que no creo que pueda conformarme con esta luna de miel. A no ser que esta sea eterna, claro.

La besé de nuevo. Iba a ir despacio. Iba a contener las irrefrenables ganas que tenía de decirle que ojalá me escogiese a mí, que ojalá se quedase conmigo a gobernar aquel pequeño imperio. Que si en algún momento había pensado disfrutar para siempre de aquel amanecer yo estaba dispuesto a regalárselo.

Nos levantamos de la playa y fuimos a desayunar a mi suite. Tenía diez días por delante para averiguar todo sobre la mujer designada. La que quería a mi lado en mi nueva aventura.

En todas mis aventuras, de hecho.

EPÍLOGO

Un año después

ERIN

Cogí los papeles que Ellen me extendía de nuevo y estampé una firma en cada página. Había pasado un rato leyéndolos con atención. Eran el contrato de la empresa que llevaría a cabo las reformas del ala este del Hotel Paradiso.

Luke me había puesto a cargo de las relaciones públicas del hotel, pero no podía ignorar de ningún modo mi antigua pasión por la decoración de interiores; que era, de hecho, mi profesión cuando vivía en Nueva York.

Ahora vivo en las Bahamas, acompañando al que pronto será mi marido en su nueva aventura empresarial.

Aún recordamos entre risas el día en que despedimos a Rose junto al catamarán. Regresó sola a la ciudad y yo me quedé aquí con Luke.

Ni siquiera me molesté en deshacerme de lo poco que me quedaba en la casa en la que iba a vivir con Will.

Mi familia alucinó.

Nuestros amigos creyeron que había perdido la cabeza.

Y la verdad es que Luke se concedió esos diez días para enamorarme y yo caí en sus redes en el momento en que me ayudó a bajar del barco.

Rose, enigmática e impredecible, como siempre, me dio su bendición antes de volver a Nueva York.

—Volveré pronto a verte —me dijo.

—Oh, vamos Rose. Aún he de ir a recoger mis cosas a Manhattan. Te recuerdo que dejé mi teléfono allí.

—Tú y yo sabemos que aquí tienes todo lo que necesitas.

Llamé a mi jefe por teléfono y le dije que no volvería y que me quedaba en White Meadows.

Y entonces Luke y yo nos pusimos manos a la obra y empezamos a trabajar en el hotel de sus sueños. Y sus sueños, poco a poco, se convirtieron también en los míos.

Ellen recogió de nuevo los contratos.

—Una cosa, ¿sabes ya dónde va a ser tu luna de miel?

Levanté la vista. En ese momento Luke entraba en el despacho, justo a tiempo de oír la pregunta.

—No sé nada, en realidad. ¿No estamos ya en una luna de miel eterna, cariño? —le pregunté—. ¿Tú qué opinas? Entenderás que es un tema que me pone algo nerviosa.

Luke me había asegurado que él se ocupaba de todo y que no me preocupase; pero dado que vivíamos en el paraíso, me esperaba por su parte que me sorprendiese con algo más aventurero.

Me miró con cara de póker.

—Habrá boda y habrá viaje. No puedo creer que ese tema te ponga nerviosa a estas alturas. ¿Es esta una artimaña vuestra para que me despiste y revele el sitio? No lo voy a hacer, Erin. Ropa y calzado cómodos, recuerda. Y esa es la única pista que te voy a dar.

Ellen se rio.

—Hey, ¡al menos lo hemos intentado!

Nos dejó en el despacho y en cuanto nos quedamos solos, Luke corrió a besarme y abrazarme. Nos costaba mantener las manos apartadas el uno del otro. Nuestra relación era intensa. Constante.

—Aún no entiendo cómo logré engañarte para que te quedases aquí conmigo —me dijo, entre besos.

—¿Cómo se puede tener tanta suerte, Luke Davies?

—Ni idea. Cada día me despierto pensando que lo pagaré de alguna manera.

Sus manos se perdieron bajo mi falda. Mi prometido se acomodó rápidamente en el hueco entre mis piernas. En el Caribe llevamos poca ropa, y eso lo facilita siempre todo. Empecé a sentir el hormigueo entre las piernas sin el que ya no podía vivir.

A veces vas de vacaciones y piensas que deberías quedarte en ese lugar.

Dejar todo atrás y concederte una nueva oportunidad en un lugar idílico. Un nuevo comienzo. Y tan pocas veces lo hacemos.

¿Qué pasaría si te quedases en esa playa, frente a ese mar?

Yo lo hice. Y a día de hoy puedo asegurarlo: ni una sombra de arrepentimiento.

Aquí sigo, un año después, colmada de felicidad. En realidad me da igual que Luke no me quiera decir dónde será nuestro viaje de bodas, porque en realidad mi luna de miel dura ya un año. Y empezó exactamente el día que bajé de ese barco y puse un pie en la playa de White Meadows.

A continuación puedes leer el primer capítulo de la siguiente entrega de HOTEL PARADISO:

EL OCÉANO QUE NOS SEPARA

CAPÍTULO 1

MEGAN

Supongo que técnicamente a mis diecinueve años podría haberme negado en redondo a venir aquí, pero Grace, mi madre, puede ser muy insistente. Casi siempre me resulta más fácil aceptar sus condiciones y chantajes emocionales que discutir durante días y afrontar las posibles consecuencias. No veía el momento de largarme de casa.

El caso es que estaba allí, en las Bahamas, de "vacaciones" con mis padres; y ya no podía hacer gran cosa al respecto más que esperar que los días pasaran. Me había metido en problemas —bueno, más bien había estado a punto de meterme en problemas— y tenía que asumir las consecuencias. Y la primera de ellas era que me obligaban a subirme a un avión y acompañarlos en su viaje.

Dejé el *thriller* de misterio que estaba leyendo a ratos sobre la hamaca, una novela inofensiva que no conseguía captar del todo mi atención y di un ruidoso sorbo a mi piña colada.

Mi madre estiró el brazo desde la hamaca contigua y me golpeó suavemente con su revista de pasatiempos.

—Si te parece que eso es un aperitivo apropiado para una jovencita como tú...—me dijo, señalando mi piña colada.

—Grace, tengo diecinueve años. Te recuerdo que puedo beber alcohol. Además, ¿cómo soportaría estas vacaciones si no me animo un poco? Nos quedan diez días por delante. Once, en realidad.

Llamar a mi madre por su nombre de pila era algo que hacía cuando estaba tan aburrida que no me importaría empezar una discusión.

—No aquí, querida. Me temo que la edad legal es veintiuno. Y además, ¿soportar esto? ¿Soportar una jornada de relax absoluto junto a la playa o la piscina, leyendo y tomando el sol? Me pregunto qué has hecho para merecer semejante castigo. Oh, sí, ya me acuerdo...

Me levanté de un salto. Era demasiado temprano para aguantar otro de sus sermones.

—Voy a dar una vuelta. De todas formas, Grace, te informo que la edad legal para comprar alcohol en Bahamas es dieciocho, igual que en Europa. Me temo que ves demasiadas películas.

No le dio tiempo a contestarme. Di dos grandes zancadas y abandoné el recinto de la piscina. No estaba tan enfadada como pretendía aparentar, pero prefería mantener las distancias y encontrar excusas para pasar tiempo a solas. Y la *suite* en la que nos alojábamos era lo suficientemente grande y espaciosa como para no tener que oírlos hablar de mí a mis espaldas durante la noche, ya que yo dormía en un pequeño dormitorio anexo para invitados.

Atravesé la hilera de hamacas que había junto a la piscina principal y caminé en dirección a la playa de White Meadows, justo delante del Hotel Paradiso. Me quité las sandalias y disfruté ese primer contacto de mis pies con la arena templada.

Caminé un rato y mi enfadó se disipó un poco.

En el club de playa vi a Ellen, la gerente que se había presentado la tarde anterior, cuando llegamos al hotel en barco.

Yo no tenía demasiadas ganas de hablar. No me gustaban los vínculos débiles entre personas, y mucho menos las conversaciones superficiales.

Sonrió al verme llegar. Miré a izquierda y derecha buscando alguna escapatoria, pero realmente no la había. A aquella mujer le pagaban por socializar y asegurarse de que todo el mundo estaba más o menos satisfecho en su hotel. Y yo, claramente, no lo estaba tanto, pero tampoco tenía ganas de dar explicaciones a una desconocida.

Me sorprendió que se dirigiese a mí por mi nombre. Que se acordase de cómo me llamaba. ¿Se acordaba del nombre de todos los recién llegados?

—Megan, tengo una propuesta para ti —me dijo enseguida—. Creo que podría interesarte.

La miré, sorprendida. Me acerqué a la barra de madera del club de playa, aunque ya estaba pensando una buena excusa para esquivar cualquier cosa que se le hubiese ocurrido.

—¿Una propuesta?

—Ayer no te vi muy animada al llegar.

—Mis padres me han obligado a venir a Bahamas con ellos. Obviamente preferiría estar en Londres con mis amigas, pero supongo que no me he comportado demasiado bien últimamente...

Me callé. Tenía la mala costumbre de revelar siempre demasiada información comprometida sobre mí misma a la mínima pregunta. Me entregó un formulario en blanco.

—Toma. Hoy empieza nuestro curso de surf.

Miré el papel.

—No, creo que no —murmuré—. Pero gracias por pensar en mí.

—Vamos, será divertido, te lo prometo. Y es para principiantes.

—Tengo cero equilibrio. Dudo que se me dé bien.

Lo que quería decir en realidad era que no practicaba deporte alguno desde que tenía doce años.

—Eso no es problema —respondió Ellen, dispuesta a convencerme. A saber cuál era el motivo oculto por el que trataba de captarme para su programa de actividades —. Hoy empieza un nuevo profesor. Max. Es australiano. Es el nuevo responsable de las actividades acuáticas.

Dejó escapar una sonrisa de villana de Disney después de "australiano", como si eso fuera un plus instantáneo que debería interesarme.

—Te lo agradezco, Ellen. Pero creo que paso.

Oh, dios. Espero que no sea una de esas personas que insista, pensé. Porque después de aguantar los sermones matutinos de Grace no estaba precisamente de humor.

—La clase empieza en una hora —dijo—. Puedes ir a echar un vistazo a la playa y pensártelo, aunque tal vez Max trate de convencerte.

—¿A quién tengo que convencer?

¿Alguna vez te ha pasado que oyes una voz profunda y masculina y piensas que no puede pertenecer a alguien desagradable? A mí no. Hasta ese momento. Y supongo que es por una cuestión de inexperiencia, de haber vivido mis diecinueve años en una burbuja, sobreprotegida y cerrada.

Ni siquiera aquello eran unas vacaciones reales. Se trataba más bien de un recreo vigilado.

Me giré para averiguar qué había causado esa especie de descarga eléctrica en mi espalda y me encontré por primera vez con Max Mills.

El profesor de surf.

No soy tan ingenua como para ignorar que un deportista de ese nivel, alguien que está preparado para enseñar a otros y que además proviene del país de los surferos, no iba a tener un cuerpo diez. Pero toda aquella inmensidad iba acompañada de un rostro perfecto. Era mayor que yo, obvio, traté de calcular su edad. ¿Treinta? ¿Treinta y dos?

No podía saberlo exactamente. Tenía un intenso bronceado, propio de alguien que se pasa el día junto al mar, por lo que tal vez era un poco más joven de lo que parecía. Cabello dorado, corto, y ojos de un azul intenso. En todo caso, aquel hombre perfecto que me sonreía, esperando tal vez captar a una nueva clienta, se presentaba ante mí en el peor de los momentos.

Tal vez en mis horas más bajas.

Y todo ello debido a lo que había sucedido en Inglaterra, y exactamente el motivo por el cual no se me permitía quedarme sola en la casa familiar ese verano.

¿He dicho ya que soy mayor de edad?

Y pese a eso, Grace y Patrick, mis padres, seguían tratándome como a una niña.

Creyeron que si me llevaban con ellos de vacaciones iban a mantenerme bajo su mirada vigilante las veinticuatro horas. Alejada de cualquier problema.

Y Max Mills, con su cuerpo torneado y su sonrisa, era una tentación y también un problema.

Me giré y encaré de nuevo a la gerente del hotel.

—¿Sabes qué, Ellen? Estoy pensando que tal vez un poco de ejercicio no me vendría mal.

www.ingramcontent.com/pod-product-compliance
Ingram Content Group UK Ltd.
Pitfield, Milton Keynes, MK11 3LW, UK
UKHW040013200726
13854UKWH00001B/172

9 798201 964528